蟲蟲生態小故事

螢火蟲的日記

我是有用小夜燈

葛　冰 / 著

屈明月 / 繪

新雅文化事業有限公司
www.sunya.com.hk

1 我們是「發光一族」。

2 晚上，我該起牀啦。

3 在月光下做「早操」。

4 在陸地上「打獵」。

5 有時在水中「打獵」。

6 來一杯特製的「花蜜飲料」。

7月10日

我叫熒熒，屁股上有一盞亮亮閃閃的小燈。

你聽過「車胤*囊螢」的故事嗎？車胤是古代一個好學的孩子，由於我們會發光，讓他能在晚間讀書，最終車胤成了大學者。哈哈，我們很有用吧！

*胤，粵音孕。

7

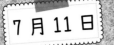
當然，能發光對我自己也很有用，
我可以發出「一亮一滅」的燈語信號，
這樣我就可以找到朋友了。

麗麗，我在
這裏。

8

千萬別弄錯啊，我是男孩子，麗麗是女孩子。她雖然也能發光，但不比我亮。

當遇到危險時，我會
機警地把燈關上，而可憐
的麗麗卻只能亮個不停。

11

大家都說我很美麗，你知道
我小時候長什麼樣子嗎？

13

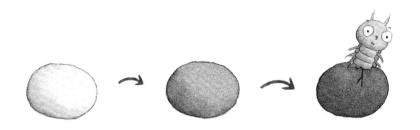

　　我是從一隻特別小特別小的蛋（蟲卵）裏鑽出來的，那時候我還沒有長翅膀，渾身光禿禿的。

　　我爬呀爬，爬了好長時間，變成了蛹，我感覺好累，於是我睡了好長時間。

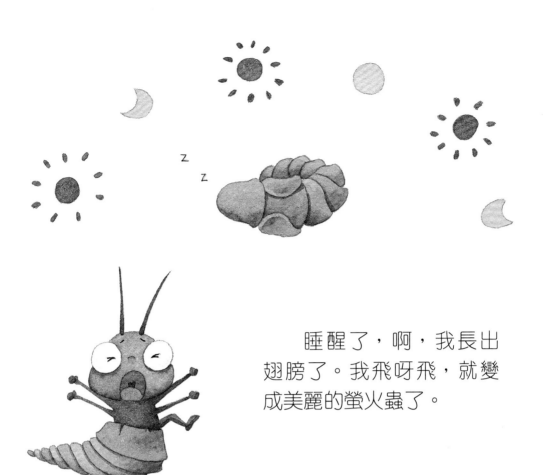

睡醒了，啊，我長出
翅膀了。我飛呀飛，就變
成美麗的螢火蟲了。

　　我們螢火蟲小時候十分貪吃，而且無論是生活在陸地上的螢火蟲，還是生活在水裏的，都一樣很講究營養搭配。

這就是我們的兒童營養餐，想不想和我一起大吃一頓？

16

  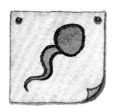 

17

為了多吃些東西，費點氣力還是值得的，我們是不是小貪吃蟲啊？

7 月 14 日

　　有時，我的運氣不大好。
　　那次，我捕捉一隻蝸牛時，他的身體一收縮，從樹葉上掉了下來，我只好爬下去吃他了。

有時，我也會很走運。

記得那是開心的一天，一隻蝸牛在爬呀爬，我悄悄走過去，給他注射一點「麻藥」，蝸牛立刻就變得暈暈乎乎的。啊，我的美食這麼容易就到手了！

給蝸牛注射一點消化液，一會兒就可以吃蝸牛肉粥了。

我從小愛清潔。看，我正在洗澡，來一次全身大清洗！

溫啊溫，
溫鞦韆，
一溫溫到
月兒邊。

我喜歡在草葉上溫鞦韆。
因為我身上有黏毛，所以能黏
附在小草上，不會掉下來。

7 月 16 日

我們長大後就很少吃東西了，
最多只是吃點花蜜而已。

7 月 17 日

　　我和麗麗在空中飛舞、玩耍，突然有東西
向麗麗逼近。我連忙飛過去拉住她。好險啊！

我們剛落到地上，就看到背後
的大黑影——是一隻蜘蛛。

蜘蛛是我們的頭號
天敵，能避過他的
魔爪，真不容易。

7 月 18 日

我喜歡攝影。看，這是我辦的個人展覽……

椿象

我還拍了好多天敵的照片。我們把照片放在一起，開會討論對付他們的方法。

珍惜生命，活得長久，就要仔細觀察四周喲！

我的氣味厲害吧。

33

我現在是一個著名的
攝影師兼軍事家了。

我給蝸牛注射「麻藥」，他就暈倒啦。

帶着小小的卵去散散步。

看書嘍！謝謝這盞「燈」。